Bécquer · Boccaccio
O. Henry · Andersen
Stockton · Bierce

CLÁSICOS de Amor

Colección CLÁSICOS JUVENILES

Editorial SIGMAR

Colección Clásicos Juveniles

Coordinación: Olga Colella

Títulos Publicados

Cuentos de la Selva • Horacio Quiroga

El Fantasma de Canterville y otros cuentos • Oscar Wilde

Clásicos de Amor • Antología

Clásicos de Misterio • Antología

Clásicos de Terror • Antología

De próxima aparición

Clásicos Policiales

¿La dama o el tigre?

En tiempos muy lejanos, vivía un rey semibárbaro cuyas costumbres, aunque algo atenuadas por la vecindad con los latinos, eran, sin embargo, desenfrenadas en lo que hace a su mitad bárbara.

Era un hombre de irresistible autoridad y de fantasía exuberante, con el poder de convertir sus caprichos en realidad.

Le gustaba hablar consigo mismo, y cuando él y su yo estaban de acuerdo en algo, la cosa se hacía. Su carácter era apacible y cordial cuando los miembros de sus organismos políticos y domésticos transitaban por la senda señalada; pero si alguno de estos "satélites" se salía de su órbita, su carácter era doblemente apacible y cordial porque le complacía enormemente volver lo torcido derecho y liso lo que era irregular.

Entre las buenas adquisiciones que habían semihumanizado su naturaleza bárbara estaba el circo público, donde por medio de exhibiciones de fuerzas viriles y bestiales se buscaba enaltecer el espíritu de sus súbditos.

Pero aun en estos espectáculos, el monarca hacía presente su fantasía exuberante y su natural bárbaro.

El circo del rey no había sido construido para dar al

pueblo una oportunidad de oír el lamento de los gladiadores moribundos; tampoco para poner a la multitud en situación de ver el inevitable desenlace entre opiniones religiosas y fauces hambrientas... Había sido creado, más bien, con un propósito encaminado a exaltar y ganar las energías y disposición mental de las masas.

Este vasto anfiteatro, con sus galerías circulares, sus misteriosas bóvedas y sus ocultos pasadizos, era un agente de justicia poética, un espacio donde se castigaba el crimen y se recompensaba la virtud, según los designios de un azar imparcial e incorruptible.

Cuando se acusaba a un individuo de un crimen de importancia suficiente para despertar el interés del monarca, se anunciaba públicamente la fecha en que el destino de la persona acusada se decidiría en el circo del rey.

Esta construcción bien merecía llamarse "circo del rey" porque, aunque su forma y su trazado provenían de muy lejos, su propósito emanaba exclusivamente del cerebro de este hombre.

Él, como todo reyezuelo, no se interesaba en rendir devoción a las tradiciones, sino en servirse de ellas para complacer sus caprichos; y era capaz de incorporar manifestaciones del pensamiento y acción de otros pueblos en la medida en que sirvieran para alimentar su idealismo bárbaro.

Cuando todo el pueblo estaba reunido en las galerías, el rey, rodeado de su séquito, se sentaba en el trono real, situado en uno de los lados del circo. Y a una señal suya, se abría la puerta ubicada debajo del trono, y el acusado entraba en el anfiteatro.

Directamente opuesto a él, al otro lado del espacio circundante, había dos puertas exactamente iguales y una al lado de la otra. Era deber y privilegio del acusado dirigirse sin vacilar a esas puertas y abrir una de ellas. Podía abrir la que más le gustara: no estaba sometido a influencias ni a dirección alguna, y todo quedaba en manos del azar imparcial e incorruptible, antes mencionado.

Si abría una, podía salir de allí un tigre hambriento -el más fiero y el más cruel que se hubiera podido conseguir en el reino- que inmediatamente saltaba sobre él y lo destrozaba en castigo de su culpa.

En cuanto el caso del criminal quedaba así resuelto, sonaban lúgubres campanas y surgían grandes lamentos de las plañideras contratadas, apostadas en el margen exterior del circo; y la vasta audiencia, con las cabezas inclinadas y los corazones doloridos, se retiraba lentamente hacia sus hogares, lamentándose por lo bajo de que un hombre tan joven y tan apuesto, o tan viejo y respetado, hubiese merecido tan triste destino.

Pero si el acusado abría la otra puerta, salía de allí una dama, la más adecuada a sus años y condición que el monarca podía seleccionar de entre sus más hermosas mujeres; y el hombre quedaba inmediatamente comprometido a esta dama como recompensa a su inocencia. No importaba que tuviese ya esposa y familia, o que sus afectos estuviesen ya dirigidos hacia una persona de su propia elección; el rey no permitiría que tales cuestiones secundarias interfiriesen en su gran plan de retribución y recompensa.

Los servicios religiosos, como en el otro caso, se realizaban de inmediato y en la misma arena del rey. Otra puerta se abría bajo el trono, y un sacerdote, seguido de una banda de coristas y de danzarines, soplando alegres melodías en cuernos dorados y bailando al ritmo de los epitalamios(1), avanzaba hacia donde se encontraba la pareja y la boda se celebraba pronto y alegremente. Luego, las joviales campanas echaban a vuelo sus tañidos festivos, el pueblo prorrumpía en hurras y el inocente, precedido de niños que arrojaban flores a su paso, conducía a la novia al hogar.

Éste era el método semibárbaro del rey para administrar justicia. Su perfecta imparcialidad resultaba evidente. El criminal nunca podía saber de qué puerta surgiría la dama; abría la que más le gustaba, sin tener la más ligera idea de si, en el próximo instante, sería devorado o estaría casado. En algunas ocasiones, el tigre salía por una puerta; en otras, por la contraria. Las decisiones de este tribunal eran no sólo imparciales, sino inmediatamente resueltas: el acusado era castigado al instante si se había hallado culpable; y si era inocente, se lo recompensaba en el acto, le agradara o no. No había escapatoria para los juicios celebrados en el circo del rey.

La institución era muy popular. Cuando el pueblo se congregaba en uno de estos grandiosos días de juicio, nunca sabía si sería testigo de una sangrienta carnicería o de una alegre boda.

Esta dosis de incertidumbre prestaba gran interés a la ocasión, interés que muy difícilmente se hubiese podido

---

(1) Composición poética del género lírico, en celebración de una boda.

obtener de otra manera. Así, la masa estaba entretenida y satisfecha, y por otro lado, la parte juiciosa de la comunidad no podía encontrar ningún cargo contra la parcialidad de este plan; porque, ¿acaso la persona acusada no tenía el asunto en sus propias manos?

Este rey semibárbaro tenía una hija tan lozana como sus más floridas fantasías y con un alma ardiente e imperiosa como la de su padre. Como es frecuente en esos casos, la hija era para el padre como la niña de sus ojos y la amaba por sobre toda la humanidad.

Entre los cortesanos había un joven con esa galanura y esa dignidad de linaje propia de los héroes de novelas que aman las doncellas reales.

Esta princesa estaba enamorada de ese joven y muy satisfecha de su amado, porque era apuesto y valiente como ningún otro en todo el reino; y lo amaba con un fervor que tenía bastante de bárbaro como para hacerlo excesivamente ardiente y poderoso.

Este amor se desenvolvió felizmente durante varios meses, hasta que un día el rey descubrió su existencia. No dudó y fue implacable en el cumplimiento de su deber. El joven fue enviado a prisión inmediatamente, y se dio aviso público de la fecha de su juicio en el circo real. Ésta, por supuesto, era una ocasión de especial importancia, y su majestad, así como todo el pueblo, estaban interesados en los preparativos y el desarrollo de este juicio. Nunca antes había ocurrido un caso semejante; nunca antes un individuo de baja posición había osado enamorarse de la hija de un rey.

En años posteriores, tales cosas se volvieron bastante

corrientes; pero entonces era, en un grado insospechado, nuevo y alarmante.

Las jaulas de los tigres del reino se abrieron para dar paso a las bestias más salvajes y sanguinarias, de donde se seleccionaría el monstruo más feroz para el juicio en las arenas del circo; y la clasificación de las doncellas más jóvenes y bellas del reino se hizo cuidadosamente en todas partes por jueces competentes, para que el joven acusado pudiera tener una digna esposa en caso de que el azar no decidiera para él un destino diferente.

Por supuesto, todo el mundo sabía que los cargos que se le hacían eran reales. Había amado a la princesa, y ni él, ni ella, ni nadie, pensaban en negar el hecho; pero el rey no quería privarse de poner en marcha este tribunal, en cuyos preparativos él tomaba parte con gran deleite y satisfacción. No importaba cuál fuera el resultado del juicio: de cualquier modo, el joven sería quitado del medio. El rey gozaba con estético placer en vigilar el curso de los acontecimientos, que determinaría si el muchacho había hecho mal o no en atreverse a amar a la princesa.

Finalmente, el día señalado llegó. La gente fue viniendo de lugares muy apartados y de otros más cercanos, hasta llenar a pleno las espaciosas galerías del circo; y una gran multitud, que no había podido conseguir entrada, se apretujaba contra las paredes exteriores. El rey y su séquito estaban en sus puestos, frente a las dos puertas gemelas -esas dos puertas fatídicas tan terribles en su semejanza.

Todo estaba listo. La señal fue dada.

La puerta situada bajo el cortejo real se abrió, y el amado

de la princesa salió a la arena. Alto, hermoso, sereno, su aparición fue recibida por la expectante multitud con un sofocado murmullo de admiración y angustia.

La mitad de los espectadores ignoraba que tan magnífico joven hubiese vivido entre ellos. ¡No se extrañaban de que la princesa lo amase! ¡Qué terrible debía de ser para él estar allí!

Mientras el joven avanzaba por la arena, se volvió, como era costumbre, para hacer una reverencia al rey; pero él no pensaba en absoluto en la persona del rey; sus ojos estaban fijos en la princesa, que se sentaba a la derecha de su padre. De no haber sido por su naturaleza semibárbara, es probable que esa muchacha no hubiera estado allí; pero su alma intensa y fogosa no le permitía estar ausente en una ocasión en la que estaba tan terriblemente involucrada. Desde el momento en que se decretó que su amado decidiría su destino en la arena del circo, no había hecho más que pensar en este evento y en los aspectos relacionados con él. Poseedora de más poder y fortaleza de espíritu que cualquiera de los que, con anterioridad habían estado afectados en una situación semejante, había hecho lo que ninguna otra persona hiciera: había averiguado el secreto de las puertas. Ella sabía en cuál de los dos departamentos que se ocultaban detrás de esas puertas estaba la jaula del tigre con la portezuela abierta, y en cuál esperaba la dama.

Esas macizas puertas tenían pesados cortinajes de pieles en su parte interior, y era imposible que se filtraran ruidos que dieran alguna pista a la persona que se acercaba a abrir el cerrojo de una de ellas. Pero el oro y el poder del deseo femenino habían permitido a la princesa adueñarse del impenetrable secreto.

Y no sólo sabía en qué habitación estaba la dama lista para salir, toda ruborizada y radiante, cuando se abriese la puerta, sino que sabía quién era la dama. Era una de las damiselas más bellas y encantadoras de la corte la que habían seleccionado para recompensar al joven, si éste probaba su inocencia por el crimen de haber aspirado a una mujer que estaba muy por encima de él; y la princesa la odiaba. Con frecuencia había visto -o imaginado- a esta deliciosa criatura lanzando miradas de admiración sobre su amado, y hasta creyó ver que el joven se las devolvía. A veces, los había visto hablando, y aunque fueron sólo unos instantes, es sabido que en un breve espacio de tiempo se puede decir mucho. Tal vez eran cosas sin importancia; pero, ¿ella cómo podía saberlo? La muchacha era preciosa, pero había osado elevar sus ojos hasta el amado de la princesa; y ésta, con toda la intensidad de su sangre salvaje recibida de sus antepasados completamente bárbaros, odiaba a la mujer que se ruborizaba y temblaba detrás de aquella puerta inmutable.

Cuando su amado se volvió y la miró, cuando sus ojos se encontraron con los de la princesa, que estaba más pálida y más blanca que cualquiera en aquel vasto océano de caras ansiosas, comprendió, por esa rápida intuición que le es dada a aquellos cuyas almas forman un todo, que ella sabía detrás de qué puerta se agazapaba el tigre y detrás de cuál estaba la dama. Él había contado con que ella lo supiese. Conocía su carácter, y su alma estaba segura de que la amada no descansaría un instante hasta develar el secreto, ignorado por todos, inclusive por el propio rey. La única esperanza para el joven de que existiera algún indicio de seguridad se basaba en el éxito de la princesa en descubrir este misterio; y en el momento de mirarla, comprendió que había triunfado, como ya en su alma sabía que triunfaría.

Entonces, surgió esa rápida y angustiosa mirada que preguntaba: "¿Cuál?" Fue tan clara para ella como si él se la hubiera gritado desde donde se encontraba. No había un instante que perder. La pregunta había sido hecha en un centelleo; tenía que ser contestada en otro.

La mano derecha de la princesa estaba apoyada en el parapeto almohadillado que se extendía delante de ella. La levantó e hizo un imperceptible y rápido movimiento hacia la derecha. Nadie, excepto su amado, lo vio. Todos los ojos estaban fijos en el hombre de la arena.

El joven se volvió, y con rápido y firme paso atravesó el espacio vacío. Cada corazón suspendió sus latidos; toda respiración fue contenida; cada ojo, fijo e inmóvil sobre el hombre. Sin la más ligera vacilación, él fue hasta la puerta de la derecha y la abrió.

Ahora bien, el punto de la historia es éste: ¿salió el tigre por esa puerta o salió la dama?

Cuanto más reflexionamos sobre esta cuestión, más difícil se nos hace responder. El hecho envuelve un estudio del corazón humano que nos conduce a través de los tortuosos laberintos de la pasión, fuera de la cual es difícil encontrar nuestro camino.

Piensa en ello, sereno lector, no como si la decisión de

la respuesta dependiese de ti mismo, sino de una princesa semibárbara y de corazón fogoso, cuya alma era el blanco atribulado de dos fuegos combinados, el de la desesperación y el de los celos. Ella lo había perdido; pero, ¿quién lo tendría ahora?

Con frecuencia, en sus horas de insomnio y en sus sueños, se había levantado con salvaje horror, y se había tapado la cara con las manos, al ver a su amado abriendo la puerta del otro lado de la cual lo esperaban las crueles fauces del tigre.

Pero, ¡con cuánta más frecuencia lo había visto abrir la otra puerta! ¡Cómo en sus espantosas ensoñaciones había apretado los dientes y arrancado sus cabellos, al ver el rapto de júbilo que él mostraba al abrir la puerta de la dama! ¡Cómo su alma se había consumido en la agonía cuando lo veía ir al encuentro de esa mujer que lo esperaba con sus mejillas arreboladas y sus ojos resplandecientes de triunfo; cuando lo veía avanzando hacia ella, todo su cuerpo encendido por el regocijo de haber recobrado la vida; cuando escuchaba a la multitud que vociferaba aclamándolo y el loco repiqueteo de las campanas sonando jubilosas; cuando veía al sacerdote con su séquito avanzando hacia la pareja para hacerlos marido y mujer, delante de sus propios ojos... y cuando los veía pasar juntos por un sendero de flores, seguidos por el griterío de la multitud entusiasmada, entre el cual su solitario grito de desesperación se perdía y se ahogaba!

¿Acaso no sería mejor que él se muriera de una vez y fuera a esperarla en las benditas regiones del futuro semibárbaro?

Sin embargo... ¡ese espantoso tigre, esos gritos, esa sangre!...

Su decisión fue tomada en un instante, pero había sido madurada después de días y noches de angustiosas deliberaciones. Ella sabía que él le preguntaría; ella había decidido qué le respondería, y sin la menor vacilación había movido su mano hacia la derecha.

El asunto de su decisión no debe tomarse a la ligera, y no me cabe a mí considerarme la persona indicada para responderlo. Por lo tanto, lo dejo enteramente en manos del lector.

¿Quién salió por la puerta abierta?... ¿La dama o el tigre?

El abrazo

Era de noche y los poblados resplandecían titilantes entregados al sueño. En el río, y más allá, en el horizonte, temblaban las estrellas.

Los árboles de largos brazos y espeso follaje eran negras siluetas recortando la brisa. Entre sus troncos y sus hojas, las luciérnagas imitaban las luces del cielo.

Y como telón de fondo, la selva. La selva con sus miles de gritos, rugidos, silbidos y expansiones de toda clase.

Abriéndose camino en la espesura vegetal, salió con paso lento, mirada distraída y ondulantes caderas, una india joven, esbelta con la gracia de sus veinte años. Traía suelta la cabellera, que le cubría la espalda y los pechos, y se prolongaba para caer en cascada hasta las rodillas. El contacto con la naturaleza la había hecho fuerte de cuerpo sin quitarle su delicada feminidad.

El constante ejemplo de su padre, el cacique, y del piache, el sabio de la tribu, le dieron dos virtudes inapreciables: decisión y curiosidad. Y ella disfrutaba de la libertad y la aprovechaba alejándose a veces hasta más allá de lo prudente.

El viejo sabio se satisfacía ante el insaciable asombro de la joven india y le dio a conocer muchos secretos. Ella misma estudió las costumbres de los animales siguiéndoles sus huellas hasta los comederos; aprendió a interpretar sus sentimientos a través de su lenguaje rudimentario y hasta llegó a detenerse en las expresiones de los ojos de los animales presos, heridos o en libertad, para deducir por ellas el momento y ánimo por el que atravesaban. Y así supo que aun la fiera más salvaje tenía ante el sexo opuesto sentimientos más amplios y nobles. También supo que animales de una misma variedad poseían inferior o superior instinto, comprensión o fiereza.

La graciosa figura se adelantó entre el follaje y avanzó hacia la orilla arenosa del ancho río. Su piel era suave y del color del bronce.

Pensaba en su vida, y no estaba contenta. Sabía que entre los hombres de la tribu, su gracia excitaba pasiones, deseos ardientes y ansias de posesión. Pero encendidas miradas y codiciosos gestos se retraían por respeto al cacique.

Ella conocía el secreto de la procreación. Cinco años antes ya lo había escuchado de las mujeres mayores. Y desde aquella época, su alma libre había deseado para sí no la opresión del hombre opositor, sino el compañero de andanzas, sin arraigamientos dentro del pobre marco de los reglamentos de la tribu.

En sus incursiones mucho más allá de los alrededores de la ranchería había visto al cazador furtivo y quedó prendada de su fortaleza y su brío.

Y no pocas veces le presentaron aspirantes que el cacique al principio quiso imponer, pero finalmente sus intentos resultaron inútiles.

Con el tiempo ella fue sintiéndose aislada e incomprendida, porque su ardor era intenso, pero pensamiento, aspiración y esencia de su ser le aconsejaban una hábil elección.

Y ella en silencio había elegido. Ella... amaba.

En los mismos momentos en que la india, rodeada por la noche, se entregaba a tales pensamientos, salió de la espesura un salvaje animal. Con su piel brillante, era todo musculatura, tensos la cabeza, la nuca y el lomo; las orejas afiladas en punta y la cola demostraban la alta tensión del alerta. Sus patas, suaves al paso, implacables en el desgarre, avanzaban cautas, precisas, prestas al ataque. Era un tigre rebosante de sagacidad y disimulo.

Y de pronto, cuando eran todo respiración el tigre y puro escalofrío la desprevenida india, ésta cayó hacia atrás y... frente a frente se encontraron la hermosa muchacha y la magnífica bestia. Se helaron los cuerpos, latieron los corazones y se clavaron los ojos en los ojos.

La fiera sagaz no podía contar con que la india no llevase armas; se asombró primero de su inercia, donde siempre triunfa la actividad.

Y la india, que había aprendido a leer en el gesto la intención, percibía lo no dicho por la fiera al acecho:

"¡Está demasiado quieta! ¿Es por el miedo? ¿Habrá alguna trampa? ¡Es bella la presa!"

Y se movieron rápidas una tras otra las orejas, y se abrieron las fauces para mostrar los colmillos.

Instintivamente la india levantó sus manos para cubrir su pecho; y de inmediato se retrajo el tigre, armadas ya las afiladas uñas, abiertas las terribles fauces...

Pero siguió de nuevo la inmovilidad de la india. Entonces el tigre distendió por un instante los músculos contraídos y transformó en observadora su actitud de asalto. La india tuvo unos segundos para pensar en otra cosa que no fuese su adversario.Y dirigió hacia lo alto una plegaria:

-¡Dioses que protegéis al caminante y a los jóvenes! ¡Salvadme! Unid con cuanta invisible potencia poseéis mi pobre súplica y llevadla ante el Gran Padre...

Y en una anhelante súplica del alma dijo:

-¡Nunca aun me abrazó mi amado!

Alejado de las rancherías, en las márgenes de las sierras vivía un hombre. Un hombre en cuyas carnes firmes sobresalían acerados músculos.

Tenía ideas originales: buscaba la soledad, porque ella es liberadora. Buscaba la naturaleza, porque ella habla, canta y se nutre de silencio y armonía; huía de los hombres, porque atan y él no quería enajenar la poca libertad que al hombre le queda, por cumplir con las imposiciones a veces arbitrarias de la vida material. De tanto en tanto, bajaba a las regiones donde moran los hombres, detrás de alguna presa...

Cuando, tras suplicar a los dioses, la india secretamente enamorada pensó en el amado, un puño de deseos estelares tomó la dirección que la mujer dio a su pensamiento. El corazón del solitario cazador se sintió impulsado por la ráfaga de deseos de las estrellas y encontró el camino que cursó la onda pidiéndole auxilio...

Surcó la flecha por el espacio... y la fiera cayó sangrante a un costado.

Y entonces la joven sintió el abrazo del amado...

Todo había ocurrido como lo tenía preparado el Gran Padre.

— Ambrose Bierce —

Una dama de Redhorse

Coronado, 20 de junio

Cada día que pasa estoy más interesada en él. No es, estoy segura, su... ¿Conoces algún sustantivo que se corresponda con el concepto de "buen mozo"? No me gusta decir "belleza" cuando me refiero a un hombre. Es muy buen mozo, Dios mío... Cuando está más elegante, que es la mayoría de las veces, ni siquiera confiaría en ti... la más fiel de las esposas. No creo que la fascinación de su trato tenga mucho que ver con esto. Bien sabes que el encanto del arte reside en algo indefinible, y pienso que para nosotras, mi querida Irene, el arte que estamos considerando es menos indefinible que para dos muchachitas sin experiencia. No escapa a mi conocimiento el modo con que mi apuesto caballero obtiene muchos de sus efectos, y hasta podría aconsejarle la manera de intensificarlos. Sea como fuere, sus modales son encantadores. Sin embargo, sospecho que lo que más me atrae es su inteligencia. Su conversación es la más interesante que he oído y no admite comparación con la de ningún otro. Parece saberlo todo, y tiene que ser así porque lo ha leído todo, ha estado en todas partes, ha visto cuanto había que ver -a veces, creo, más de lo conveniente- y está relacionado con la gente más extraña. Y su voz, Irene... ¡su voz! Cuando la oigo, siento que tendría que haber pagado para oírla, a pesar de que sé muy bien que sólo a mí me pertenece en el momento en que me habla.

3 de Julio

Se me ocurre que mi entusiasmo por el doctor Barritz, volcado al correr de la pluma, debe de haber sonado muy tonto; de otro modo, no habrías hablado de él con esa ligereza, por no decir falta de respeto. Créeme, querida Irene, tiene más dignidad y seriedad (de aquéllas, quiero decir, que no se contradicen con un estilo a veces juguetón y siempre encantador) que cualquiera de los hombres que nosotras hayamos tratado jamás. Y el joven Raynor -conociste a Raynor en Monterrey- me cuenta que a todos los hombres les cae simpático y que en todas partes lo tratan con deferencia. Hay también un misterio, algo acerca de su relación con la gente de Blavatsky[1], en la India. Raynor no ha querido o no ha podido contarme detalles, pero creo que al doctor Barritz lo consideran -¡no te atrevas a reírte!- un mago. ¿Puede haber algo más atracti-

---

(1) Helena Petrovna Blavatsky. Teósofa rusa (1831-1891). Viajó durante veinte años por América del Norte y la India. En 1870 se la conocía en EE.UU. especialmente como espiritista.

vo? Un misterio común no es, por supuesto, tan divertido como un escándalo, pero cuando tiene que ver con ritos oscuros y terribles, con el ejercicio de poderes sobrenaturales, ¿puede haber algo más sugestivo? Explica, también, la singular influencia que este hombre tiene sobre mí. Es lo indefinible de su arte: arte negro. En serio, querida, me estremezco cuando fija en mis ojos la mirada insondable de los suyos -dos astros- que he intentado vanamente describirte. ¡Qué terrible sería si tuviera el poder de subyugarme para hacerme caer muerta de amor! ¿Podrías decirme si la gente de Blavatsky conserva ese poder cuando está fuera de Sepoy?

16 de Julio

¡No lo vas a creer! Anoche, cuando mi tía estaba en una de las reuniones danzantes del hotel (las odio), apareció el doctor Barritz. Era escandalosamente tarde. Estoy segura de que había hablado con mi tía en el salón de baile y supo por ella que yo estaba sola. Te cuento que me había pasado la tarde imaginando cómo sonsacarle la verdad acerca de su relación con los *thugs*(1) de Sepoy, y todo lo referente a la magia negra, pero a la noche, en cuanto me clavó los ojos (porque acepté verlo a esa hora, me avergüenza decirlo), me sentí indefensa. Temblé, enrojecí... ¡Oh Irene, Irene, no alcanzan las palabras para decirte

---

(1) Grupo de la India, cuyos miembros actúan bajo la inspiración de la diosa Bawani.

cuánto lo amo, y tú sabes mucho acerca de eso!

¡Cómo nos sorprende la vida! ¡Yo, el patito feo de Redhorse, hija (dicen) del viejo Calamity Jim, y por lógica su heredera, sin otros parientes vivos que una tía vieja que se desvive en mimarme, yo, que carezco de todo salvo de un millón de dólares y de un pretendiente en París, tengo la audacia de enamorarme de un dios como él! Querida, a la distancia, adivino que te estás agarrando la cabeza.

Estoy segura de que se ha dado cuenta de mis sentimientos porque se quedó unos minutos sin decir nada interesante, y después, con el pretexto de que tenía otro compromiso, se fue. Hoy supe (me lo dijo un pajarito: el conserje del hotel) que se fue derecho a la cama. ¿No te llama la atención? ¿No lo ves como una prueba de sus buenas costumbres?

17 de julio

Ayer apareció ese desbocado de Raynor y su parloteo me puso furiosa. Nunca se le acaba el repertorio, porque cuando hace pedazos una veintena de reputaciones, más o menos, no se detiene y arremete contra otras tantas, sin prisa ni pausa. (Aquí, entre nosotras, pidió noticias tuyas, y te diré que por el interés que demostró sonó bastante *vraisemblable*)(1). El señor Raynor no obedece nin-

---

(1) *Verosímil*. En francés, en el original.

guna de las leyes del juego; como a la Muerte (que él causaría si la calumnia matara), todas las oportunidades le parecen buenas. Pero le tengo afecto porque fuimos amigos en Redhorse cuando éramos chicos. En aquel tiempo lo llamaban "Risita", y a mí -oh, Irene, ¿me animaré a decírtelo?- "Yutecita". Hasta hoy no sé por qué. Quizá se referían a la tela de mis delantales; tal vez porque ese apodo rimaba con "Risita", pues Risita y yo éramos compañeros inseparables y a los mineros les debe de haber parecido acertado establecer una relación fonética entre nosotros.

Poco tiempo después conocimos a otro hijo de la Adversidad. Al igual que Garrick(1) oscilando entre la Tragedia y la Comedia, tenía una nulidad crónica para responder los comunes reclamos del Frío y del Hambre. Entre él y la tumba había una distancia de pocos pasos y la ilusión de una comida, que lo mantenía vivo y que al mismo tiempo le hacía la vida insoportable. Obtenía sus precarios medios de vida, los suyos y los de su madre, limpiando los basurales, es decir que los mineros le permitían revolver en los desechos buscando trozos de mineral válido, que habían quedado allí sin que ellos lo advirtieran, juntarlos y venderlos en el molino del sindicato. Se asoció a nuestra firma -en adelante "Yutecita, Risita y Limpiabarros".- gracias a mí. Porque tu amiga no podía entonces, ni ahora, dejar pasar por alto su valor y su ingenio para impedir que Risita ejerciera el derecho inmemorial

---

(1) David Garrick. Actor inglés, de origen francés (1717-1779). Conquistó grandes triunfos en el teatro y fue amigo de las personas ilustres de su época.

de su sexo: insultar a una débil mujer. Esa mujer era yo. Después de que el viejo Jim hizo su fortuna en Calamity y yo comencé a usar zapatos e ir a la escuela, y que Risita, para emularme, resolvió lavarse la cara y transformarse en Jack Raynor, de Wells, Fargo y Cía., y que la vieja señora Barts se reunió con sus antepasados, Limpiabarros se mudó a San Juan Smith donde se empleó como conductor de una diligencia y fue muerto por unos asaltantes de caminos, etc.

¿Por qué te estoy contando estas cosas, querida? Porque me pesan en el corazón. Porque estoy cruzando el Valle de la Humildad. Porque he llegado a la convicción de que no soy merecedora ni de atarle los cordones de los zapatos al doctor Barritz. Porque, ¡ay, mi Dios!, un primo de Limpiabarros está aquí, en este hotel. No le he hablado. ¿Sabrá quién soy? Por favor, en tu próxima carta dime clara y francamente que no lo crees posible. ¿Será que el doctor Barritz sabe de mí y por eso se fue rápidamente hace dos noches, cuando me ruboricé y temblé como una tonta delante de sus ojos? Tú sabes que no puedo sobornar a "todos" los periódicos, y que no puedo desconocer a nadie que haya sido cortés con Yutecita en Redhorse, ni aunque me marginen socialmente. Y ahora, renace este pasado vergonzoso. Como ya sabes, antes no me importaba mucho, pero ahora... ahora no es lo mismo. Jack Raynor -con toda seguridad- no le contará nada. Te digo algo más: parece respetarlo tanto que apenas abre la boca delante de él, y a mí me ocurre lo mismo. ¡Dios mío! Aparte del millón de dólares, cómo me gustaría tener algo para enorgullecerme de mí misma. Si Jack fuera unos centímetros más alto, creo que me casaría con él y volvería a Redhorse a vestirme otra vez con harapos hasta el resto de mis días.

25 de Julio

Ayer tuvimos una maravillosa puesta de sol y me apresuro a contarte lo que ocurrió. Me escabullí de todos y en especial de la tía, y me fui a la playa a caminar un rato. Espero que me creas, ¡desconfiada!, cuando te diga que no había mirado por ninguna de las ventanas del hotel que dan al mar y no había visto que él también estaba paseando. Si conservas apenas un poco de delicadeza femenina, no dudarás de mis palabras. Me instalé debajo de mi sombrilla y me puse a mirar soñadoramente el mar, cuando él se me acercó: venía caminando desde la orilla. El mar estaba bajo. Te puedo afirmar que la arena brillaba alrededor de sus pies. Al acercarse, se quitó el sombrero y me dijo:

—Señorita Dement, ¿puedo sentarme a su lado, o preferiría caminar conmigo?

No se le ocurrió siquiera que tal vez no me gustara ninguna de las dos propuestas. ¿Te imaginas tal desenvoltura? ¿Desenvoltura? ¡Era desparpajo, querida Irene, lisa y llanamente desparpajo! Bueno, no me molestó, y respondí, mientras palpitaba mi humilde corazón de Redhorse:

—Me... me gustaría hacer lo que usted quiera.

¿Puedes concebir palabras más ridículas? Amiga de mi alma, ¡hay abismos de estupidez en mí que son verdaderamente oscuros!

Sonriendo, me tendió la mano para ayudarme a ponerme de pie; yo le entregué la mía sin dudar, y cuando me di cuenta de que mi mano temblaba al contacto de sus dedos, me ruboricé más que el rojo crepúsculo. Sin embargo, logré ponerme de pie y luego, como él no la soltara, sacudí un poco la mano. Pero él, sin decir una palabra, no dejaba de sujetarla y me miraba insistentemente, con una rara sonrisa que yo no lograba descifrar (¿cómo hubiera podido?), no sabía si era de afecto o de burla, o vaya a saber de qué... ¡Qué hermoso estaba, con las llamaradas del sol que se ocultaba ardiendo en la profundidad de sus ojos! ¿Acaso estás enterada, querida Irene, si los thugs y los expertos de la legión de Blavatsky se distinguen por algún tipo especial de mirada? Ah, si hubieras visto su soberbia actitud, la majestuosa inclinación de su cabeza, semejante a la de un dios, mientras permanecía de pie a mi lado, después de que yo me había levantado. Era una escena grandiosa que pronto eché a perder porque me empezaron a temblar las rodillas. Él solamente podía hacer una cosa, y la hizo: me sostuvo con un brazo, tomándome de la cintura.

-Señorita Dement, ¿se siente mal? -me dijo.

No estaba para nada sorprendido. En sus palabras no había ni alarma ni solicitud. Creo que si hubiera añadido: "Me imagino que esto es lo que se espera que diga", no habría expresado con mayor claridad la situación. Su reacción me dejó avergonzada e indignada porque yo sufría enormemente. Arrancando mi mano de la suya, aparté el brazo que me sostenía, me liberé, caí sentada y allí permanecí en la arena, como una estúpida. En el forcejeo se me cayó el sombrero y el pelo se me desparramó sobre la cara y los hombros de la manera más vergonzosa.

-¡Déjeme! -grité sofocada-. Por favor, váyase. ¡Usted... usted es un thug! ¿Cómo se atreve a pensar *eso* de mí? ¿No ve que tengo la pierna dormida?

Su comportamiento cambió enseguida. Pude comprobarlo a través de mis dedos y de mi pelo. Se inclinó hacia mí, me apartó el cabello de la cara y me dijo con la mayor ternura:

-¡Pobrecita mía! Nunca quise hacerla sufrir. ¿Cómo podría hacerla sufrir? Justamente yo... que la amo...¡Que la he amado durante... años y años!

Separándome las manos del rostro, me lo cubrió de besos. Mis mejillas ardían, toda mi cara era una brasa y creo que poco le faltaba para que echara humo. ¿Qué podía hacer? La escondí en su hombro... No había otro lugar. Querida amiga, cómo temblaban y hormigueaban mis piernas. No podía sostenerme. ¡Cómo deseaba que volvieran a la normalidad!

Así estuvimos quietos un largo rato. Soltó una de mis manos para tomarme de nuevo de la cintura, y yo recurrí a mi pañuelo para secarme los ojos y la nariz. No lo miré sino hasta guardar el pañuelo. Inútilmente trató de separarme un poco para fijar sus ojos en los míos. Después, estando ya más tranquila, y cuando había empezado a oscurecer, alcé la cabeza, lo miré directamente y le dediqué una sonrisa, mi mejor sonrisa.

-¿Qué quiso decir -le pregunté-, con lo de "años y años"?

-Querida -replicó muy serio, fervorosamente-, sin las mejillas flacas, los ojos hundidos, el pelo largo, el andar lento, los harapos, la mugre y la juventud, ¿no me reconoces? ¿No te das cuenta de quién soy? Yutecita, ¡soy Limpiabarros!

De inmediato nos pusimos de pie los dos. Lo tomé de las solapas y estudié su hermosa cara a pesar de la creciente oscuridad. Estaba tan exaltada que casi no podía respirar.

-¿Y no estás muerto? -pregunté sin darme cuenta exacta de lo que decía.

-Sólo muerto de amor, querida. Las balas de los asaltantes lo único que hicieron fue herirme. Logré curarme de aquellas heridas y sobrevivir. Pero ésta, me temo que es fatal.

-Entonces no sabes que Jack... el señor Raynor... No sabes que...

-Me avergüenza decir, Yutecita, que he viajado directamente desde Viena porque Jack me lo sugirió. Sí, Jack, esa persona indigna de confianza.

Irene, uno y otro se complotaron para engañar a esta amiga que tanto te quiere.

MARY JANE DEMENT

PD.: Lo peor de todo es que no existe ningún misterio. Fueron fantasías creadas por Jack Raynor para despertar mi curiosidad. James Barritz no es un thug. Solemnemente me asegura que en todos sus viajes jamás ha pisado Sepoy.

— O. Henry —

El regalo de los Magos

Un dólar y ochenta y siete centavos. Eso era todo. Y sesenta centavos estaban fraccionados en pequeñas monedas ahorradas una a una a costa de regatear al tendero, al verdulero y al carnicero, hasta el punto de que las mejillas ardían a veces ante la secreta acusación de mezquindad que implicaba este avaro comportamiento. Tres veces los contó Della. Un dólar y ochenta y siete centavos. Y al día siguiente era Navidad.

Estaba claro que no había nada que hacer salvo tirarse sobre la vieja y desvencijada cama y ponerse a llorar. Y así lo hizo Della. Lo que induce a la reflexión moral de que la vida está hecha de llantos, suspiros y sonrisas, predominando los suspiros.

Mientras la dueña de la casa se va sobreponiendo gradualmente, pasando del primer estado al segundo, echemos una ojeada a la casa: un piso amueblado de ocho dólares por semana. No podría decirse exactamente que fuera pobre, pero esa palabra aparecía en la mirilla para evitar el pelotón de mendigos.

En el vestíbulo de abajo había un buzón donde no entraban cartas y un timbre al que ningún dedo mortal hacía sonar. Y también había, en la cara frontal de la puerta, un cartel que llevaba el nombre de "Mr. James Dillingham Young".

El "Dillingham" había lucido en todo su esplendor durante un anterior período de prosperidad en que su dueño ganaba treinta dólares por semana. Ahora que los ingresos habían descendido a veinte dólares, las letras de "Dillingham" parecían más bien borrosas, como si estuvieran pensando en la conveniencia de restringirse a una modesta y humilde D. Sin embargo, cada vez que el señor James Dillingham Young llegaba a su casa y subía al piso superior, lo llamaban "Jim" y era estrechado cariñosamente por los brazos de la señora Dillingham Young, ya presentada a ustedes como Della. Y esto era, realmente, algo muy gratificante.

Della dejó de llorar y se empolvó las mejillas con la borla del polvo facial. Se asomó a la ventana y se quedó mirando con tristeza a un gato gris que paseaba por una cerca también gris de un patio trasero igualmente gris. Mañana sería Navidad y ella sólo tenía un dólar con ochenta y siete centavos para comprarle un regalo a Jim. Había estado ahorrando durante meses todo cuanto podía para llegar a este resultado. Con veinte dólares a la semana no se llega muy lejos. Los gastos habían sido mayores de lo que ella calculara. Lo son siempre. Sólo un dólar con ochenta y siete centavos para comprarle un regalo a Jim. A su Jim. Muchas horas felices había pasado planeando algo especial para él. Algo hermoso, raro y de valor... algo así como un pequeño detalle digno de merecer el honor de pertenecerle a Jim.

Había un espejo grande entre las dos ventanas de la

habitación. Tal vez ustedes sepan cómo es un espejo en un piso de ocho dólares. Una persona muy delgada y muy hábil puede, al observar su imagen reflejada en una rápida secuencia de franjas longitudinales, obtener una idea cabal y completa de su aspecto. Della, por ser delgada, dominaba este arte.

De repente se apartó de la ventana y se paró frente al espejo. Sus ojos brillaban resplandecientes, pero su cara había perdido el color en cosa de veinte segundos. Con rapidez se soltó el cabello y lo dejó caer en toda su longitud.

Actualmente había dos cosas en casa de los James Dillingham Young de las que ambos estaban realmente orgullosos. Una era el reloj de oro de Jim, que había pertenecido a su padre y a su abuelo. La otra era el cabello de Della. Si hubiese vivido la reina de Saba en el piso situado al otro lado del pozo de aire, Della podría haber dejado colgar su pelo fuera de la ventana alguna vez, sólo para despreciar las alhajas y regalos de su majestad. Si el rey Salomón hubiese sido el portero, con todos sus tesoros apilados en el sótano, Jim podría haber sacado su reloj de oro cada vez que pasara, sólo para ver cómo se arrancaba la barba de envidia.

Ahora, el cabello de Della caía rodeándola, como si fuera una ondulada y brillante cascada de aguas color castaño. Le llegaba más abajo de las rodillas y era casi una túnica para ella. Della se lo peinó otra vez, muy nerviosa y apurada. Entonces, por un minuto estuvo vacilante y permaneció inmóvil mientras una o dos lágrimas caían sobre la gastada alfombra roja.

Se puso su vieja chaqueta marrón y su viejo y anticuado sombrero del mismo color. Con un revuelo de faldas y con la mirada aún brillante, corrió hacia la puerta, bajó las escaleras y salió a la calle.

Se detuvo donde había un cartel que decía:

> ### MADAME SOFRONIE
> *Espléndidos cabellos de todo tipo*

Subió las escaleras en un santiamén y se detuvo, jadeando, para reponerse. Madame, alta, demasiado blanca, fría, apenas parecía "la Sofronie".

-¿Quiere comprar mi cabello? -preguntó Della.

-Compro cabello, sí -dijo Madame-. Sáquese el sombrero y déjeme echarle un vistazo.

La cascada color castaño cayó ondulando.

-Veinte dólares -dijo Madame, levantando la masa de cabello con mano experta.

-Démelos rápido -dijo Della.

¡Oh! Y dos horas después volaba con alas rosadas. Olviden la gastada metáfora. Estuvo recorriendo los negocios en busca del regalo para Jim.

Por fin lo encontró. Éste, seguramente, había sido hecho para Jim, y para nadie más. No había otro como éste en ninguno de los negocios, y ella los había recorrido y revuelto todos de arriba abajo. Era una sencilla cadena de platino con una leontina para el reloj, de delicado dibujo, que sustentaba su valor por su sola presencia y no por una cargada ornamentación... como debe ser todo lo bueno. Era, pues, digna del reloj.

Tan pronto como la vio comprendió que tenía que ser

para Jim. Era como él. Moderado y valioso... la descripción convenía a ambos. Veintiún dólares le había costado, y volvió a su casa con los ochenta y siete centavos. Con esa cadena en su reloj, Jim podría sentir deseos de consultar la hora delante de cualquiera. A pesar de lo hermoso que era el reloj, algunas veces lo miraba a escondidas, a causa de la vieja tira de cuero que usaba en lugar de cadena.

Cuando Della llegó a su casa, su entusiasmo dio paso un poco a la prudencia y a la razón. Sacó sus rizadores, encendió el gas y empezó a reparar los destrozos hechos por la generosidad sumada al amor. Lo cual es siempre una tremenda tarea, queridos... una gigantesca tarea.

En menos de cuarenta minutos su cabeza estaba cubierta con pequeños y apretados rizadores, que la hacían parecer tan maravillosa como un travieso escolar. Observó su imagen reflejada en el espejo grande, largamente, con cuidado y actitud crítica.

"Si Jim no me mata -se dijo-, antes que me eche una segunda mirada va a decir que me parezco a una chica del coro de Coney Island. Pero, ¿qué podía hacer...? ¡Oh! ¿Qué podía hacer con un dólar y ochenta y siete centavos?"

A las siete en punto estaba listo el café, y la sartén detrás de la hornalla, preparada para freír la carne.

Jim nunca se retrasaba. Della dobló la cadena en su mano y se sentó en el extremo de la mesa que estaba más cerca de la puerta por donde él siempre entraba. Después oyó sus pasos en la escalera subiendo de planta baja y palideció por un instante. Tenía el hábito de decir en silencio algunas oraciones acerca de las cosas más simples todos los días, y ahora susurraba:

-Por favor, Dios mío, haz que él piense que aún estoy hermosa.

La puerta se abrió y Jim entró y la cerró tras él. Se lo veía grave y muy serio. ¡Pobre muchacho, sólo tenía veintidós años... y estaba cargado ya con una familia! Necesitaba un abrigo nuevo y no tenía guantes.

Jim se quedó parado al lado de la puerta, tan inmóvil como un perro de caza al olfatear su presa. Sus ojos estaban fijos en Della, y tenían una expresión que ella no podía descifrar, y que la aterrorizó. No era de enojo, ni de sorpresa; tampoco de desaprobación, ni horror, ni cualquier otro sentimiento para el cual ella se había preparado. Solamente la miraba fijo, con esa expresión tan particular en su rostro.

Della se apartó de la mesa y fue hacia él.

-Jim, querido -le dijo-, no me mires así. Me he cortado el pelo y lo he vendido, porque no podría haber pasado el día de Navidad sin hacerte un regalo. Me crecerá enseguida... no te preocuparás, ¿verdad? Acabo de hacerlo. Mi pelo crece con increíble rapidez. Dime: "¡Feliz Navidad!", Jim, y seamos felices. Tú no sabes qué precioso, qué hermoso regalo tengo para ti.

-¿Te has cortado el pelo? -preguntó Jim, lentamente, como si no se hubiera dado cuenta de este hecho sino después de una fatigosa labor mental.

-Cortado y vendido -dijo Della-. No te gusto ahora , ¿verdad? Pero soy yo, aun sin mi cabello, ¿o no?

Jim miró con curiosidad a su alrededor.

-¿Dices que te has cortado el pelo? -dijo, con un tono casi de idiotez.

-No tienes que preocuparte -dijo Della-. Lo he vendido... ya te dije..., vendido y gastado también. Es Nochebuena, muchacho. Sé bueno conmigo, como yo lo he sido contigo. Tal vez mis cabellos tengan un precio -continuó con una rápida y grave dulzura-, pero nadie podrá jamás valorar mi amor por ti. ¿Pongo a freír la carne, Jim?

Una vez que salió de su trance, Jim pareció despertar de pronto. Abrazó a su Della. Durante diez segundos permitámonos mirar en otra dirección, escrutando discretamente algún objeto intrascendente. Ocho dólares a la semana o un millón al año... ¿cuál es la diferencia? Tanto un matemático como un artista les darían a ustedes una respuesta equivocada. Los Magos trajeron regalos valiosos, pero esto iba más allá. Esta oscura aserción se aclarará más tarde.

Jim sacó un paquete del bolsillo de su abrigo y lo arrojó sobre la mesa.

-No te equivoques, Dell -dijo-, respecto de mí. No creo que haya corte de pelo ni lavado que pudiera hacer que mi chiquilla me gustara menos. Pero, si desenvuelves ese paquete, verás por qué de entrada, me he quedado paralizado.

Dedos blancos y temblorosos rompieron la cinta y el papel, y entonces sonó un extasiado grito de alegría y enseguida un femenino "¡ay!", acompañado de lágrimas histéricas y sollozos, que necesitaron el inmediato auxilio de todo el esfuerzo reconfortante del señor de la casa.

Porque allí estaban *los peines*... el juego de peines que Della había adorado durante largo tiempo en un escaparate de Broadway. Preciosos peines de puro carey, con borde de piedras preciosas... los apropiados para usarlos con los hermosos cabellos que ya no estaban. Eran unos peines caros, ella lo sabía, y su corazón había ansiado y ambicionado tenerlos, sin la menor esperanza de alcanzarlos alguna vez. Y ahora eran suyos, pero la cabellera que hubieran peinado los codiciados peines había desaparecido.

Asimismo, Della los acarició y los apretó contra su pecho y, al fin, pudo mirarlos con ojos confusos y sonreír, mientras decía:

-¡Mi pelo crece tan rápido, Jim!

Pero entonces saltó como un gatito escaldado y gritó:

-¡Oh, oh...!

Jim no había visto todavía su precioso regalo. Se lo tendió con avidez sobre su palma abierta. El inconmovible y precioso metal parecía brillar con reflejos del espíritu brillante y ardiente de ella.

-¿No es bonito, Jim? He recorrido toda la ciudad para encontrarlo. Tendrás ahora que mirar el reloj cien veces al día. Dame tu reloj. Quiero ver cómo luce con esta cadena.

En lugar de obedecer, Jim se dejó caer en la cama, cruzó las manos detrás de la cabeza, y sonrió.

-Dell -dijo-, mejor dejamos nuestros regalos de Navidad y los guardamos durante un tiempo. Son demasiado hermosos para usarlos precisamente ahora. Vendí el reloj para tener con qué comprar los peines. Y ahora supongo que pondrás a freír la carne.

Los Magos, como ustedes saben, eran hombres inteligentes... maravillosamente inteligentes... que llevaron regalos al Niño del pesebre. Ellos inventaron el arte de ofrecer regalos de Navidad. Siendo inteligentes, sus regalos eran, sin duda, también inteligentes, y tenían la posibilidad de sustentar el privilegio de ser cambiados si estaban repetidos. Y aquí, yo les he relatado a ustedes, de forma imperfecta, la historia sin par de dos locos jovencitos que vivían en un piso y que se sacrificaron mutuamente los mayores tesoros de su casa. Pero, como colofón a la cordura reinante actualmente, vale la pena decir que, de todos los regalos que se hacen en estos días, los de estos dos muchachos fueron los más inteligentes. De todos los que dan y reciben regalos, los que obran así son los más sabios, con toda certeza. Dondequiera que sea serán los más sabios. Ellos son, en verdad, los Magos.

— Gustavo Adolfo Bécquer —

Los ojos verdes

Hace mucho tiempo que tenía ganas de escribir cualquier cosa con este título.

Hoy, que se me ha presentado ocasión, lo he puesto con letras grandes en la primera cuartilla de papel, y luego he dejado a capricho volar la pluma.

Yo creo que he visto unos ojos como los que he pintado en esta leyenda. No sé si en sueños, pero yo los he visto. De seguro no los podré describir tales cuales ellos eran: luminosos, transparentes como las gotas de la lluvia que se resbalan sobre las hojas de los árboles después de una tempestad de verano. De todos modos, cuento con la imaginación de mis lectores para hacerme comprender en este que pudiéramos llamar boceto de un cuadro que pintaré algún día.

I

-Herido va el ciervo..., herido va; no hay duda. Se ve el rastro de la sangre entre las zarzas del monte, y al saltar uno de esos lentiscos(1) han flaqueado sus piernas... Nuestro

---

(1) Arbusto con tallos leñosos de dos a tres metros, muy común en España.

joven señor comienza por donde otros acaban... En cuarenta años de montero no he visto mejor golpe... Pero, ¡por San Saturio(1), patrón de Soria!, cortadle el paso por esas carrascas(2), azuzad los perros, soplad en esas trompas hasta echar los hígados, y hundidles a los corceles una cuarta de hierro en los ijares: ¿no veis que se dirige hacia la fuente de los Álamos, y si la salva antes de morir podemos darle por perdido?

Las cuencas del Moncayo(3) repitieron de eco en eco el bramido de las trompas, el latir de la jauría desencadenada, y las voces de los pajes resonaron con nueva furia, y el confuso tropel de hombres, caballos y perros se dirigió al punto que Íñigo, el montero mayor de los marqueses de Almenar, señalara como el más a propósito para cortarle el paso a la res.

Pero todo fue inútil. Cuando el más ágil de los lebreles llegó a las carrascas jadeante y cubiertas las fauces de espuma, ya el ciervo, rápido como una saeta, las había salvado de un solo brinco, perdiéndose entre los matorrales de una trocha que conducía a la fuente.

-¡Alto!... ¡Alto todo el mundo! -gritó Íñigo entonces-; estaba de Dios que había de marcharse.

Y la cabalgata se detuvo, y enmudecieron las trompas, y los lebreles dejaron refunfuñando la pista a la voz de los cazadores.

En aquel momento se reunía a la comitiva el héroe de

---

(1) Varón cristiano que sufrió martirio en Cartago en el año 203. Es patrono de Soria, lugar donde se le ha dedicado una ermita.
(2) Encina por lo común pequeña.
(3) Macizo de España, en las provincias de Soria y Zaragoza.

la fiesta, Fernando de Argensola, el primogénito de Almenar.

-¿Qué haces? -exclamó, dirigiéndose a su montero, y en tanto, ya se pintaba el asombro en sus facciones, ya ardía la cólera en sus ojos-. ¿Qué haces, imbécil? ¡Ves que la pieza está herida, que es la primera que cae por mi mano, y abandonas el rastro y la dejas perder para que vaya a morir en el fondo del bosque! ¿Crees acaso que he venido a matar ciervos para festines de lobos?

-Señor -murmuró Íñigo entre dientes-, es imposible pasar de este punto.

-¡Imposible! ¿Y por qué?

-Porque esa trocha -prosiguió el montero- conduce a la fuente de los Álamos; la fuente de los Álamos, en cuyas aguas habita un espíritu del mal. El que osa enturbiar su corriente paga caro su atrevimiento. Ya la res habrá salvado sus márgenes; ¿cómo las salvaréis vos sin atraer sobre vuestra cabeza alguna calamidad horrible? Los cazadores somos reyes del Moncayo, pero reyes que pagan un tributo. Pieza que se refugia en esa fuente misteriosa, pieza perdida.

-¡Pieza perdida! Primero perderé yo el señorío de mis padres, y primero perderé el ánima en manos de Satanás, que permitir que se me escape ese ciervo, el único que ha herido mi venablo, la primicia de mis excursiones de cazador... ¿Lo ves?..., ¿lo ves?... Aún se distingue a intervalos desde aquí..., las piernas le faltan, su carrera se acorta; déjame... déjame..., suelta esa brida, o te revuelco en el polvo... ¿Quién sabe si no le daré lugar para que llegue a la fuente? Y si llegase, al diablo ella, su limpidez y sus habitadores. ¡Sus!(1) *¡Relámpago!;* ¡sus, caballo mío!, si lo alcanzas, mando engarzar los diamantes de mi joyel en tu serreta de oro.

Caballo y jinete partieron como un huracán.

Íñigo los siguió con la vista hasta que se perdieron en la maleza; después volvió los ojos en derredor suyo; todos, como él, permanecían inmóviles y consternados.

El montero exclamó al fin:

-Señores, vosotros lo habéis visto; me he expuesto a morir entre los pies de su caballo por detenerle. Yo he cumplido con mi deber. Con el diablo no sirven valentías. Hasta aquí llega el montero con su ballesta; de aquí en adelante, que pruebe a pasar el capellán con su hisopo(2).

II

-Tenéis la color quebrada; andáis mustio y sombrío; ¿qué os sucede? Desde el día, que yo siempre tendré por funesto, en que llegasteis a la fuente de los Álamos en pos de la res herida, diríase que una mala bruja os ha encanijado(3) con sus hechizos. Ya no vais a los montes precedido de la ruidosa jauría, ni el clamor de vuestras trompas despierta sus ecos. Solo, con esas cavilaciones que os persiguen, todas las mañanas tomáis la ballesta para enderezaros a la es-

---

(1) Voz utilizada para infundir ánimo, propiciando la ejecución de alguna cosa con celeridad.

(2) Utensilio litúrgico utilizado para esparcir agua bendita. La frase alude a que ya no le queda nada por hacer al hombre ("montero con su ballesta"), quedando todo librado a los designios divinos ("capellán con su hisopo").

(3) Encanijar: adelgazar en extremo y enfermar.

pesura y permanecer en ella hasta que el sol se esconde. Y cuando la noche oscurece y volvéis pálido y fatigado al castillo, en balde busco en la bandolera los despojos de la caza. ¿Qué os ocupa tan largas horas lejos de los que más os quieren?

Mientras Íñigo hablaba, absorto en sus ideas, sacaba maquinalmente astillas de su escaño(1) de ébano con el cuchillo de monte.

Después de un largo silencio, que sólo interrumpía el chirrido de la hoja al resbalarse sobre la pulimentada madera, el joven exclamó dirigiéndose a su servidor, como si no hubiera escuchado una sola de sus palabras.

-Íñigo, tú que eres viejo, tú que conoces todas las guaridas del Moncayo, que has vivido en sus faldas persiguiendo a las fieras, y en tus errantes excursiones de cazador subiste más de una vez a su cumbre, dime: ¿has encontrado por acaso una mujer que vive entre sus rocas?

-¡Una mujer! -exclamó el montero con asombro y mirándole de hito en hito.

-Sí -dijo el joven-; es una cosa extraña lo que me sucede, muy extraña... Creí poder guardar ese secreto eternamente, pero no es ya posible; rebosa en mi corazón y asoma a mi semblante. Voy, pues, a revelártelo... Tú me ayudarás a desvanecer el misterio que envuelve a esa criatura, que al parecer sólo para mí existe, pues nadie la conoce, ni la ha visto, ni puede darme razón de ella.

El montero, sin despegar los labios, arrastró su banquillo hasta colocarle junto al escaño de su señor, del que

---

(1) Banco con respaldo.

no apartaba un punto los espantados ojos. Éste, después de coordinar sus ideas, prosiguió así:

-Desde el día en que, a pesar de tus funestas predicciones, llegué a la fuente de los Álamos y, atravesando sus aguas, recobré el ciervo que vuestra superstición hubiera dejado huir, se llenó mi alma del deseo de la soledad.

Tú no conoces aquel sitio. Mira, la fuente brota escondida en el seno de una peña, y cae resbalándose gota a gota por entre las verdes y flotantes hojas de las plantas que crecen al borde de su cuna. Aquellas gotas, que al desprenderse brillan como puntos de oro y suenan como las notas de un instrumento, se reúnen entre los céspedes, y susurrando, susurrando con un ruido semejante al de las abejas que zumban en torno de las flores, se alejan por entre las arenas, y forman un cauce, y luchan con los obstáculos que se oponen a su camino, y se repliegan sobre sí mismas, y saltan, y huyen, y corren, unas veces con risa, otras con suspiros, hasta caer en un lago. En el lago caen con un rumor indescriptible. Lamentos, palabras, nombres, cantares, yo no sé lo que he oído en aquel rumor cuando me he sentado solo y febril sobre el peñasco, a cuyos pies saltan las aguas de la fuente misteriosa para estancarse en una balsa profunda, cuya inmóvil superficie apenas riza el viento de la tarde.

Todo es allí grande. La soledad, con sus mil rumores desconocidos, vive en aquellos lugares y embriaga el espíritu en su inefable melancolía. En las plateadas hojas de los álamos, en los huecos de las peñas, en las ondas del agua, parece que nos hablan los invisibles espíritus de la naturaleza, que reconocen un hermano en el inmortal espíritu del hombre.

Cuando al despuntar la mañana me veías tomar la ballesta y dirigirme al monte, no fue nunca para perderme entre sus matorrales en pos de la caza, no; iba a sentarme al borde de la fuente, a buscar en sus ondas... no sé qué, ¡una locura! El día en que salté sobre ella con mi *Relámpago* creí haber visto brillar en su fondo una cosa extraña... muy extraña...: los ojos de una mujer.

Tal vez sería un rayo de sol que serpeó fugitivo entre su espuma; tal vez una de esas flores que flotan entre las algas de su seno y cuyos cálices parecen esmeraldas... no sé; yo creí ver una mirada que se clavó en la mía; una mirada que encendió en mi pecho un deseo absurdo, irrealizable: el de encontrar una persona con unos ojos como aquéllos.

En su busca fui un día y otro a aquel sitio.

Por último, una tarde... yo me creí juguete de un sueño... pero no, es verdad, la he hablado ya muchas veces, como te hablo a ti ahora... una tarde encontré sentada en mi puesto, y vestida con unas ropas que llegaban hasta las aguas y flotaban sobre su haz, una mujer hermosa sobre toda ponderación. Sus cabellos eran como el oro; sus pestañas brillaban como hilos de luz, y entre las pestañas volteaban inquietas unas pupilas que yo había visto... sí; porque los ojos de aquella mujer eran los ojos que yo tenía clavados en la mente; unos ojos de un color imposible; unos ojos...

-¡Verdes! -exclamó Íñigo con un acento de profundo terror, e incorporándose de un salto en su asiento.

Fernando le miró a su vez como asombrado de que concluyese lo que iba a decir, y le preguntó con una mezcla de ansiedad y de alegría:

-¿La conoces?

-¡Oh, no! -dijo el montero-. ¡Líbreme Dios de conocerla! Pero mis padres, al prohibirme llegar hasta esos lugares, me dijeron mil veces que el espíritu, trasgo(1), demonio o mujer que habita en sus aguas, tiene los ojos de ese color. Yo os conjuro, por lo que más améis en la tierra a no volver a la fuente de los Álamos. Un día u otro os alcanzará su venganza, y expiaréis, muriendo, el delito de haber encenagado sus ondas.

-¡Por lo que más amo!... -murmuró el joven con una triste sonrisa.

-¡Sí! -prosiguió el anciano-; por vuestros padres, por vuestros deudos, por las lágrimas de la que el cielo destina para vuestra esposa, por las de un servidor que os ha visto nacer...

-¿Sabes tú lo que más amo en este mundo? ¿Sabes tú por qué daría yo el amor de mi padre, los besos de la que me dio la vida, y todo el cariño que puedan atesorar todas las mujeres de la tierra? Por una mirada, por una sola mirada de esos ojos... ¡Cómo podré yo dejar de buscarlos!

Dijo Fernando estas palabras con tal acento, que la lágrima que temblaba en los párpados de Íñigo se resbaló silenciosa por su mejilla, mientras exclamó con acento sombrío:

---

(1) Duende.

-¡Cúmplase la voluntad del Cielo!

III

-¿Quién eres tú? ¿Cuál es tu patria? ¿En dónde habitas? Yo vengo un día y otro en tu busca, y ni veo el corcel que te trae a estos lugares, ni a los servidores que conducen tu litera. Rompe de una vez el misterioso velo en que te envuelves como en una noche profunda, yo te amo, y, noble o villana(1), seré tuyo, tuyo siempre...

El sol había traspuesto la cumbre del monte; las sombras bajaban a grandes pasos por su falda; la brisa gemía entre los álamos de la fuente, y la niebla, elevándose poco a poco de la superficie del lago, comenzaba a envolver las rocas de su margen.

Sobre una de estas rocas, sobre una que parecía próxima a desplomarse en el fondo de las aguas, en cuya superficie se retrataba temblando el primogénito Almenar, de rodillas a los pies de su misteriosa amante, procuraba en vano arrancarle el secreto de su existencia.

Ella era hermosa, hermosa y pálida como una estatua de alabastro. Uno de sus rizos caía sobre sus hombros, deslizándose entre los pliegues del velo como un rayo de sol que atraviesa las nubes, y en el cerco de sus pestañas rubias brillaban sus pupilas como dos esmeraldas sujetas en una joya de oro.

---

(1) Se entiende por *villano* al vecino de una villa o aldea. Se contrapone a *noble* o *hidalgo*.

Cuando el joven acabó de hablarle, sus labios se removieron como para pronunciar algunas palabras, pero sólo exhalaron un suspiro, un suspiro débil, doliente, como el de la ligera onda que empuja una brisa al morir entre los juncos.

-¡No me respondes! -exclamó Fernando al ver burlada su esperanza-; ¿querrás que dé crédito a lo que de ti me han dicho? ¡Oh! No... Háblame: yo quiero saber si me amas; yo quiero saber si puedo amarte, si eres una mujer...

-O un demonio... ¿Y si lo fuese?

El joven vaciló un instante; un sudor frío corrió por sus miembros; sus pupilas se dilataron al fijarse con más intensidad en las de aquella mujer, y fascinado por su brillo fosfórico, demente casi, exclamó en un arrebato de amor:

-Si lo fueses... te amaría... te amaría como te amo ahora, como es mi destino amarte, hasta más allá de esta vida, si hay algo más allá de ella.

-Fernando -dijo la hermosa entonces con una voz semejante a una música-: yo te amo más aún que tú me amas; yo, que desciendo hasta un mortal siendo un espíritu puro. No soy una mujer como las que existen en la tierra; soy una mujer digna de ti, que eres superior a los demás hombres. Yo vivo en el fondo de estas aguas; incorpórea como ellas, fugaz y transparente; hablo con sus rumores y ondulo con sus pliegues. Yo no castigo al que osa turbar la fuente donde moro; antes le premio con mi amor, como a un mortal superior a las supersticiones del vulgo, como a un amante capaz de comprender mi cariño extraño y misterioso.

Mientras ella hablaba así, el joven, absorto en la contemplación de su fantástica hermosura, atraído como por una fuerza desconocida, se aproximaba más y más al borde de la roca. La mujer de los ojos verdes prosiguió así:

-¿Ves, ves el límpido fondo de ese lago; ves esas plantas de largas y verdes hojas que se agitan en su fondo?... Ellas nos darán un lecho de esmeraldas y corales... y yo... yo te daré una felicidad sin nombre, esa felicidad que has soñado en tus horas de delirio, y que no puede ofrecerte nadie... Ven, la niebla del lago flota sobre nuestras frentes como un pabellón de lino... las ondas nos llaman con sus voces incomprensibles; el viento empieza entre los álamos sus himnos de amor; ven... ven...

La noche comenzaba a extender sus sombras, la luna rielaba en la superficie del lago, la niebla se arremolinaba al soplo del aire, y los ojos verdes brillaban en la oscuridad como los fuegos fatuos(1) que corren sobre el haz de las aguas infectas... Ven... ven... Estas palabras zumbaban en los oídos de Fernando como un conjuro. Ven..., y la mujer misteriosa le llamaba al borde del abismo, donde estaba suspendida, y parecía ofrecerle un beso... un beso...

Fernando dio un paso hacia ella... otro... y sintió unos brazos delgados y flexibles que se liaban a su cuello, y una sensación fría en sus labios ardorosos, un beso de nieve... y vaciló... y perdió pie, y cayó al agua con un rumor sordo y lúgubre.

_____

(1) Se llama *fuegos fatuos* a la inflamación de ciertas materias que se elevan de las sustancias animales o vegetales en estado de putrefacción, y forman unas llamas pequeñas que se ven moverse por el aire, a escasa distancia de la tierra, especialmente en las zonas pantanosas y en los cementerios.

Las aguas saltaron en chispas de luz, y se cerraron sobre su cuerpo, y sus círculos de plata fueron ensanchándose, ensanchándose hasta expirar en las orillas.

— Hans Christian Andersen —

El pecado de Sui-hung

-Anoche vi una ciudad de la China -dijo la Luna-. Mis rayos iluminaron las largas murallas desnudas que la rodean. De trecho en trecho, sin embargo, en las paredes de las murallas se ve una puerta, pero siempre bien cerrada porque, ¿qué le importa, a los chinos, el mundo exterior? Las ventanas de las casas, al otro lado de las murallas, están bien tapadas con persianas. El templo era el único lugar que dejaba traslucir una débil luz que apenas lograba filtrarse por sus ventanas. Contemplé, en el interior, sus colores suntuosos. Las paredes, desde el suelo hasta el techo, están cubiertas con pinturas de colores vivos y dorados opulentos. Esas pinturas representan los trabajos de los dioses aquí en la Tierra. Delante de cada hornacina hay una imagen de un dios, casi oculta por ricas colgaduras y ondulantes pabellones. Ante cada dios (todos están hechos de estaño) hay un pequeño altar, agua sagrada, flores y velas de cera encendidas. En el lugar más elevado del templo está Fu, el que reina sobre todos los dioses, envuelto en seda de color amarillo, que es un color santo. Al pie del altar se veía un único ser viviente, un joven sacerdote. Parecía estar orando, pero en medio de sus plegarias se había puesto a soñar; y sin duda aquello que soñaba era un pecado, porque sus mejillas se encendían y su cabeza se inclinaba más y más...¡Pobre Sui-hung! ¿Acaso se veía, en sus ensueños, más allá de aquellos muros tenebrosos, en un pequeño jardín lleno de luz, donde él mismo había arreglado los canteros de flores? Quizá era aquélla una tarea que le gustaba mucho más que la de cuidar las velas de cera en el templo. ¿O es que acaso era su deseo estar sentado ante una mesa ricamente puesta, secándose los labios después de cada comida con una tenue servilleta de papel? ¿O quién sabe si su pecado era tan grande que, si se atreviera a expresarlo, las celestes potestades lo castigarían con la muerte...? ¿Se arriesgarían sus pensamientos aventureros a perderse con los barcos de los bárbaros que viajan rumbo a su patria, la lejana Inglaterra? No, sus pensamientos no huían hasta tan lejos, y sin embargo, eran tan pecaminosos como sólo puede concebirlos la sangre ardiente de la juventud. Pecaminosos, se entiende, allí en el templo, ante la imagen de Fu y los demás dioses... Yo sabía muy bien por dónde vagaban sus pensamientos.

-En las afueras de la ciudad -prosiguió la Luna-, sobre la azotea lisa y embaldosada de una casa, cuya delicada barandilla parecía de porcelana, entre macetas de grandes campanillas blancas, se sentaba la bella Pe, con sus ojos rasgados llenos de malicia, sus labios carnosos y sus pies tan diminutos... Los zapatitos le oprimían los pies, pero la opresión que sentía en su corazón era mucho mayor. Pe levantaba, perezosa, sus delicados brazos, dentro de las mangas de crujiente raso. Ante ella había un gran cuenco de cristal con cuatro peces dorados. La bella Pe revolvía el agua, distraídamente, con una fina vara de laca coloreada; distraída, ¡oh!, bien distraída, porque estaba pensativa. ¿En qué estaría pensando? ¿Tal vez en la riqueza del dorado color de los peces? ¿O en la seguridad en que vivían dentro del cuenco de cristal, con comida abundante? Pero, ¡cuánta mayor felicidad habrían tenido si hubieran permanecido en libertad! ¡Ah! ¡Sí! La bella Pe lo comprendía muy bien. Sus pensamientos vagaban lejos, muy lejos de su casa y buscaban el templo; ¡pero no por motivos divinos! ¡Pobre Pe! ¡Pobre Sui-hung! ¡Sus pensamientos mundanos se encontraban, pero la frialdad de mis rayos caía entre ambos como la espada de un ángel!

— *Giovanni Boccaccio* —

El halcón*

Vivía en otro tiempo en Florencia, un joven gentil-hombre llamado Federico, hijo de micer(1) Felipe Alberighi, con el que ningún otro joven de la nobleza toscana podía rivalizar en lo referente a hechos de armas, porte elegante y cortesía.

Como sucede casi siempre con los jóvenes de su edad y condición, se enamoró de una noble dama llamada Juana, que en su tiempo era tenida por una de las mujeres más hermosas y simpáticas de Florencia.

Para conquistar el amor de ella, Federico no ahorró cosa alguna; ya fuera en fiestas, en torneos o en magníficos regalos, gastó sus recursos sin moderación; pero Juana, que era tan virtuosa como bella, no hacía caso alguno de tales gastos extravagantes, ni prestó por eso mayor atención a quien los hacía.

Federico, que gastó toda su fortuna sin conseguir nada a cambio, hasta llegar al punto en que pronto las riquezas escasearon, se volvió pobre, sin otro bien que una pequeña granja cuyas rentas apenas si le alcanzaban para

---

* Cuento Nº 9, Jornada V, de *El Decamerón*.
(1) *Mi señor*. Del italiano *messer*.

vivir, y un espléndido halcón, uno de los mejores halcones del mundo.

Más enamorado que nunca y viendo que ya no podía desempeñar dignamente el papel de ciudadano de Florencia, se fue al campo, para instalarse en su pequeña granja. Allí, sin jamás pedirle nada a nadie, se entretenía cazando pájaros con su halcón, y soportaba la pobreza del mejor modo posible.

Pero, un día, entonces, cuando Federico andaba ya tocando la pobreza más extrema, sucedió que el marido de Juana enfermó, y viéndose en trance de morir, hizo testamento; riquísimo como era, nombró heredero suyo a su hijo, ya crecido, dejando constancia, además, de que su bienamada esposa se convertiría, a su vez, en heredera, si el muchacho llegase a morir sin dejar descendencia. Ya viuda, Juana fue al campo con su hijo a fin de pasar el verano allí, tal como era costumbre en la época. De este modo, se instalaron en una propiedad muy cercana a la de Federico.

El niño, a causa de la vecindad, terminó haciéndose amigo de Federico y no tardó en jugar con los perros y pájaros de éste; y como tan a menudo veía volar al halcón, se prendó del ave, y le entraron deseos de poseerla, aunque no se atreviese a pedírsela a su nuevo amigo debido al gran cariño que éste le demostraba.

Un día, el hijo de Juana se sintió enfermo, con lo cual la madre quedó muy preocupada, ya que no lo tenía más que a él, y se pasaba el día dando vueltas alrededor de su cama. Sin alcanzar a reconfortarlo, no cesaba de preguntarle qué era lo que más deseaba, y le juraba que ella le procuraría de cualquier manera ese objeto de su deseo. El muchacho, luego de haber oído repetidas veces esos ofrecimientos, dijo:

-Querida mamá, si consigues para mí el halcón de Federico, creo que podré curarme enseguida.

Al oír esto, la dama comenzó a reflexionar sobre la actitud que habría de tomar. Sabía que Federico la había amado hacía tiempo, sin que ella le hiciese la menor concesión; por eso, se decía: "¿Cómo podré pedirle ese halcón que, si me atengo a lo oído, es el mejor de cuantos volaron jamás, y que, por lo demás, es su único sostén? Y además, ¿seré yo tan poco razonable para privar a ese caballero del único motivo de gozo que le queda en el mundo?"

Tales reflexiones la dejaron muy perpleja, pero con la convicción de que lo obtendría si llegaba a pedirlo; y como no sabía qué decir ni qué decidir, nada le contestó al hijo. Finalmente, el amor maternal triunfó sobre todas sus vacilaciones. Resolvió darle el gusto al niño, aunque fuera alto el precio, y decidió ir ella misma a pedirle el halcón a Federico.

-Hijo mío -le dijo-, tranquilízate y piensa sólo en curarte, pues te prometo que lo primero que haré mañana será ir yo misma a buscar el halcón y traértelo.

Con esto el niño se alegró tanto, que mostró inmediatamente señales de restablecimiento.

Al día siguiente por la mañana, la señora, acompañada sólo por otra mujer, se dirigió, como si pasease, hacia la casita de Federico, a quien hizo llamar apenas llegó. En aquel momento, el joven estaba arreglando su jardín, pues no era día para salir de caza con el halcón. Y, en cuanto oyó que Juana llamaba a su puerta, se asombró y corrió entusiasmado hacia la entrada, donde estaba la dama. Ella, viéndolo venir, lo saludó de modo muy gracioso y femenino, respondiendo a la respetuosa reverencia de Federico. Y tras las cortesías de rigor, le dijo:

-Buenos días, Federico, he venido a resarcirte de los perjuicios que has tenido por mi causa, debido a que me amaste más, probablemente, de lo necesario; por lo cual la recompensa que te ofrezco es que nos invites, a esta dama que me acompaña y a mí, a comer contigo.

A lo cual Federico respondió humildemente:

-No recuerdo, señora, haber sufrido daño alguno por tu causa; por el contrario, creo que si en cierta oportunidad hice cosas de mérito, ello se lo debo al amor que has sabido inspirarme; y, por cierto, la gracia que me haces al venir me es de tanta estima, que no la cambiaría por todos los bienes que, pobre ahora, he perdido.

Y mientras esto decía, la hizo entrar en su casa, y la condujo hasta el jardín, y como no encontrara a otra persona que la mujer del jardinero para hacerle compañía, le dijo:

-Noble señora, os dejo con esta mujer, esposa de mi jardinero, que es de mi confianza, en tanto voy a disponer la comida.

Federico, pese a lo extremo de su pobreza, nunca como aquel día había lamentado haber dilapidado todas sus riquezas. Hubiera querido recibir espléndidamente a aquella bella mujer a quien tantos hombres habían rendido honores. Pero aquel día le faltaba hasta lo más indispensable.

Rabiaba ahora contra sí mismo, maldecía su mala suerte y, ya completamente fuera de sí, recorría todos los cuartos al igual que un hombre que no sabe dónde tiene la cabeza, en busca de algún dinero u objeto para empeñar, sin hallar nada en ninguna parte.

Ya la hora de comer se acercaba, y aunque su deseo de honrar a la querida dama era grande, no se le pasaba por la mente pedir alguna cosa a su jardinero. De repente fijó la mirada en su apreciado halcón, que descansaba en su jaula; y como no le quedaba ninguna otra alternativa, lo tomó, lo sopesó y, encontrándolo carnoso, dedujo que sería un manjar digno de una dama como la que allí esperaba. Entonces, sin pensarlo dos veces, le retorció el cuello, y dio orden a su vieja criada de que lo desplumara y lo pusiera a asar.

Puesta la mesa con blanquísimos manteles y servilletas, que aún conservaba, volvió con alegre expresión al jardín, donde la dama lo esperaba, y la invitó a que pasara al comedor junto con su compañera. Las dos señoras se levantaron, entraron en la casa y se sentaron a la bien servida mesa. Entonces, ignorando por completo qué comían, y mientras Federico las servía muy atentamente, se almorzaron el excelente halcón.

Terminada la comida, y mientras se entretenían en muy amable charla, a la dama le pareció que había llegado el momento de explicar el verdadero motivo de su visita, y habló de este modo:

-Federico, si recuerdas tu vida pasada y mi reserva, a la que tal vez consideraste crueldad y dureza, indudablemente te maravillarás al enterarte de la verdadera razón que me trae aquí; pero si tuvieras hijos, o los hubieses tenido alguna vez, y supieras hasta dónde llega el amor que se les tiene, estoy segura de que sabrías excusarme. Pero, aunque tú no los has tenido, yo sí tengo uno y no puedo sustraerme a las leyes comunes a todas las madres; éstas me obligan, aun contra mi voluntad y violentándome mucho, a pedirte algo que sé tienes en gran estima, ya que tal vez la fortuna no te ha dejado ningún otro consuelo. Me refiero a tu querido halcón, del que mi hijo se ha encaprichado de tal manera, que si no se lo llevo, temo que la enfermedad que sufre se agrave y llegue incluso a quitarle la vida. Y por esto te ruego, no por tu amistad, que jamás la he merecido, sino por tu bondad y generosidad, las cuales hacen que sobresalgas entre los demás hombres, tengas a bien darme el halcón; de este modo, te deberé la vida de mi hijo, y tendrás, desde luego, mi eterno agradecimiento.

Federico, al escuchar el pedido, y dándose cuenta de que no podía satisfacer los deseos de la dama, puesto que acababan de comerse el halcón, se echó a llorar antes de poder articular una sola palabra.

La dama creyó entonces que este llanto obedecía a la pena que le causaría al caballero el desprenderse del halcón, y estuvo a punto de retirar su petición; pero enseguida se contuvo y esperó a que Federico, una vez terminado el llanto, le diera una respuesta. Entonces, el buen hombre le habló de esta manera:

-Señora, sabe Dios que desde el momento en que puse mi amor en tu persona, los hechos de la fortuna me han sido adversos en muchos aspectos; sin embargo, todos los reveses que he sufrido no son nada comparados con los que ahora sufro y que me dejarán para siempre un vivo pesar en el alma. ¡Ah!, grande es mi dolor ahora que me visitas en mi humilde casa -sin que nunca me hayas visitado antes en mis ricas mansiones- y me pides una cosa que no puedo concederte de ninguna manera. Y enseguida te diré el motivo: en cuanto escuché que querías almorzar en mi casa, y teniendo en cuenta tu excelencia y tu nobleza, estimé que sería digno y conveniente agasajarte de acuerdo con mis pobres medios, de la mejor manera posible y por encima de lo que uno hace comúnmente con las demás personas. Por ello, me acordé del halcón que ahora me pides, y lo juzgué como un manjar adecuado; o sea que en el almuerzo lo hemos comido, convenientemente asado, y yo supuse haber obrado de la mejor manera; pero ahora veo que lo deseabas vivo, y siento un dolor inexpresable por no tenerlo ya. No, nunca jamás tendré consuelo.

Y cuando terminó de decir esto, y para convencerla de que no mentía, mandó traer las plumas, las garras y el pico del ave.

La bella dama, que lo veía y escuchaba todo, lo regañó primero por la ocurrencia de haber dado muerte a un ave tan valiosa y servírsela para comer; pero, en el fondo de su corazón, le agradeció su generosidad y grandeza de alma, que la desgracia y la miseria no habían podido abatir. Después, desaparecidas ya para siempre las esperanzas de poseer el halcón, y llena de temor por la enfermedad de su hijo, le agradeció a Federico el buen recibimiento, como así también sus buenas intenciones, y resolvió que ya era hora de volver a su casa.

El hijo, ya fuera porque la noticia de que nunca tendría el halcón agravase su estado, o bien porque la propia enfermedad no tuviese cura, no pudo sobrevivir mucho tiempo, y unos días después dejó este mundo. La pena de la madre fue inmensa. Y luego de mucho tiempo de lágrimas y amargura, Juana recibió de sus hermanos el consejo de volver a casarse, pues era joven e inmensamente rica. Pero si bien ella no demostró ningún deseo de hacerlo, pensó en Federico, en su valor y en su última grandeza, la de haber dado muerte a un halcón tan preciado para honrarla, y terminó por decirles a sus hermanos:

-Por mi gusto permanecería viuda, si esto les agradase a ustedes; pero como veo que estiman que debo casarme, por cierto que no tomaré otro marido que no sea Federico Alberighi.

Ante lo cual los hermanos, burlándose de ella, le respondieron:

-¿Qué estás diciendo? Pero, ¿qué significa semejante cosa? ¿Cómo puedes querer a un hombre que no tiene fortuna?

-Lo sé, hermanos míos -repuso ella-, es así como ustedes dicen; pero prefiero a un hombre que no tiene riquezas, que a unas riquezas sin hombre.

Los hermanos, al escucharla, y conociendo como conocían a Federico, por más que éste fuese pobre, estuvieron de acuerdo en dársela por esposa, junto con todas las riquezas que el primer marido le había dejado.

Federico, que así se convertía por fin en esposo de la

mujer que tanto amaba, y viéndose en posesión de una fortuna tan grande como la que las desventuras le habían quitado, vivió con alegría en compañía de su Juana, esposo feliz y administrador mucho más que prudente, hasta el fin de sus días.

COMENTARIOS

A cierta edad, el amor es sobre todo una búsqueda, es el descubrimiento de la atracción hacia el otro sexo y también la aparición de sentimientos nuevos.

Irrumpen desordenada y simultáneamente las pulsiones y los pensamientos sublimes, las emociones inexplicables; el impulso del deseo que empuja hacia los otros, a acercarse a la persona que nos atrae, a buscar verdaderos encuentros.

Esta mezcla de sentimientos suele conferir un poder de invención nuevo y una capacidad de sorpresa que antes no se conocían.

Presentamos aquí un abanico de situaciones, en las que grandes autores clásicos "hablan" de amor. Todas sus visiones suman, todas agregan un poco más y permiten dar otra vuelta sobre este tema que está siempre presente, rondando de una u otra manera.

Giovanni Boccaccio, desde la baja Edad Media, nos presenta un caso en que el enamorado debe esperar largo tiempo para ser correspondido y disfrutar del amor; el romanticismo de Gustavo A. Bécquer o de Hans C. Andersen nos dan muestras de un amor ideal, raramente realizable y en caso de concretarse, obstruido por la muerte.

Los demás autores, cuya producción oscila entre fines del siglo diecinueve y comienzos del siglo veinte, presentan situaciones más cercanas al mundo de hoy.

¿La dama o el tigre? *de F. Stockton*
Traducción de Eleonora Sam

Propone un ingenioso dilema que conserva intacta, aún ahora, la esencia de la controversia.

Trata de una princesa bárbara quien, dados los procedimientos arbitrarios de su padre para administrar justicia, se ve ante la situación de decidir la suerte de su amado: ¿lo entregará a los brazos de otra mujer o preferirá dejarlo librado a las feroces fauces de un tigre hambriento?

El abrazo *Anónimo - Leyenda venezolana*
Adaptación de Andrés Romero

Refleja con gran frescura y poesía el paisaje de la zona selvática, el río, los terrenos bajos entremezclados con serranías, la vegetación tupida y pródiga, el peligro de los felinos... En medio de ese paisaje, una noche, una joven india se enfrenta a un tigre. El animal demora en atacar, atento a los actos de la presa; y en ese lapso, ella invoca la protección de los dioses y de su amado, quien llega oportuno, a salvarla y abrazarla.

Una dama de Redhorse *de A. Bierce*
Traducción de Eleonora Sam

Nos permite conocer la intimidad de una joven a través de sus cartas a una amiga. En estas cartas, le cuenta la enorme atracción que un hombre ejerce sobre ella. El recurso de las cartas es fundamental, porque sabemos la curiosidad especial que éstas ejercen sobre el lector. En cuanto las confidencias avanzan, conocemos los pormenores y motivos que mueven a esta joven enamorada.

El regalo de los Magos *de O. Henry*
Traducción de Flavio Epstein

Invoca el afán de dos jóvenes, marido y mujer, quienes careciendo de medios, quieren sin embargo agasajar al otro con un regalo digno del amor que se tienen mutuamente, durante la noche de Navidad. Para conseguirlo, cada uno debe desprenderse de lo mejor que tiene, con lo que irónicamente, cada uno invalida el regalo del otro. Esto no quita que ambos reconozcan el valor de semejante desprendimiento y disfruten juntos de una Navidad feliz.

Los ojos verdes *de Gustavo A. Bécquer*

Se desarrolla en un clima de misterio e indefinición. El protagonista se interna en la soledad de los bosques, en el Moncayo, en los alrededores de Veruela, durante una jornada de cacería. Fernando entra en terreno vedado, transgrediendo las advertencias y pedidos de cuidado. Más tarde ya no podrá sustraerse al influjo que sobre él ejercen unos ojos verdes que ha visto reflejados en el fondo de las aguas de un lago.

Como en todas las leyendas de Bécquer, predomina el subjetivismo, el sentimiento sobre la razón, el amor como sentimiento sublime, por encima de prejuicios e intereses, aunque rendirse a él implique la muerte.

La pasión ideal, la soledad, la superioridad del poeta, la poesía se aúnan para lograr situaciones de gran densidad poética como la de este diálogo:

-(...) yo quiero saber si puedo amarte, si eres una mujer...
-O un demonio... ¿Y si lo fuese?(...)
-Si lo fueses... te amaría... te amaría como te amo ahora, como es mi destino amarte, hasta más allá de esta vida, si hay algo más allá de ella.
-(...) soy una mujer digna de ti, que eres superior a los demás hombres.

El pecado de Sui-hung *de Hans C. Andersen*
Traducción de María Turner

Forma parte de una serie de cuadros que la luna observa cuando desde el cielo ilumina la Tierra. Aquí, dos jovencitos, cada cual en sitios distintos, está pensando uno en el otro y amándose en secreto. Todo es tan íntimo y tan del orden de la fantasía de cada uno, que los lleva a sonreír o a sonrojarse. Y la luna, testigo de luz de plata, no puede dejar de observarlos y conmoverse.

El halcón *de Giovanni Boccaccio*
Traducción de Paula Morelli

Es una conmovedora historia en la que un joven de buena posición consume su fortuna y sus bienes para agasajar y conseguir el amor de una mujer. Ella, sin embargo, es por largo tiempo indiferente. Más tarde, las vicisitudes de la vida, los reveses, vuelven a acercarlos y esta vez ella, en virtud del amor que él tan tenazmente le ha profesado, lo compensa de todos sus antiguos pesares.

APUNTES BIOGRÁFICOS

Frank R. Stockton (1834-1902)

¿La dama o el tigre?
Escritor estadounidense. Nació en Filadelfia, Pensilvania, en una familia influyente de Nueva Jersey. Se graduó en la Escuela Superior, pero no continuó estudios universitarios sino que se dedicó al oficio de hacer grabados en madera.

Colaboró en revistas infantiles y escribió novelas para adultos, entre ellas *Rudder Grange* (1879), de gran difusión. Dicha novela se publicó en episodios y su carácter burlesco y fantástico le dio gran popularidad.

El cuento de esta antología apareció junto con otros en un volumen titulado *The lady or the tiger?*, en 1884. El encanto de esta narración, *¿La dama o el tigre?*, reside en el ingenioso dilema que presenta al lector.

Otra obra, *A Chosen Few* (1895), reúne sus mejores cuentos. Sus novelas suman una colección de 23 volúmenes.

Anónimo - Leyenda venezolana

El abrazo
En Venezuela, en algunas zonas selváticas, aún quedan aborígenes -entre ellos, los caribes y guaraunos- que conservan y trasmiten sus creencias y tradiciones oralmente. Esta versión es una adaptación de la leyenda.

Ambrose Bierce (1842-1914?)

Una dama de Redhorse
Nació en Horse Cave Creek, Ohio, EE.UU., en una humilde familia de puritanos. Asistió un año al Instituto Militar de Kentucky

y participó en la guerra civil de su país, la Guerra de Secesión, cuando apenas tenía diecinueve años. Posteriormente, restablecida la paz, trabajó como periodista, dibujante y escritor de artículos político-satíricos en periódicos de San Francisco y su mirada crítica y desencantada se hizo muy popular.

Desde 1897 a 1909 estuvo en Washington como corresponsal de importantes periódicos. En 1913 regresó a California, y de ahí a México, donde desapareció, supuestamente asesinado durante la Revolución Mexicana, cuya figura sobresaliente fuera Pancho Villa.

Fueron su especialidad los relatos breves, con temas de horror y misterio. Éstos aparecieron principalmente en sus *Cuentos de soldados y civiles* (1891), volumen al que también pertenece **Una dama de Redhorse.**

Otras obras reconocidas son: *¿Puede ocurrir esto?* (1883) y *El diccionario del diablo* (1906).

O. Henry (1862-1910)

El regalo de los Magos

Su verdadero nombre era William Sidney Porter, pero adoptó el seudónimo O. Henry. Se hizo famoso por sus cuentos breves, en los que toma por héroe a cualquier personaje callejero sujeto a las "pequeñas ironías de la vida".

Nació en Greensboro, Carolina del Norte, EE.UU. Su padre era médico; su madre murió cuando él tenía tres años. El joven abandonó la escuela a los 15 años y trabajó en la droguería de un tío. A partir de 1882 se trasladó a Texas, y en la pequeña ciudad de Austin trabajó como escribiente, dibujante y cajero de Banco; se casó y colaboró con cuentos en varios periódicos. Luego renunció al Banco y creó un semanario humorístico, *The Rolling Stone,* que duró poco tiempo. En 1896 se le inició juicio por sospecha de desfalco en su antiguo puesto de cajero, y si bien es probable que de haberse presentado hubiera sido absuelto, él, asustado, huyó a Nueva Orleáns y de ahí a Honduras. Viajó por México y Sudamérica con Al Jennings, un famoso bandido.

Fue muy reconocido en Nueva York por su habilidad para describir tipos humanos. Esta característica le permitió producir gran cantidad de cuentos muy populares, muy leídos, y en los que emplea continuamente el argot. Este cuento, *El regalo de los Magos*, apareció en el volumen *The four Million*, en el año 1906.

Gustavo Adolfo Bécquer (1836-1870)

Los ojos verdes

Su verdadero nombre era Gustavo Adolfo Domínguez Bastida. Gran poeta lírico español, nació en Sevilla, el 17 de Febrero de 1836 y murió en Madrid, el 22 de diciembre de 1870. Quedó huérfano siendo muy niño y creció al cuidado de su madrina, quien lo envió al Colegio de San Telmo. Era muy retraído y pasaba largas horas leyendo. De una profunda sensibilidad, también le gustaban la música y la pintura, amaba la naturaleza y el arte y todo esto fue dejando huellas en su espíritu.

En 1854 fue a Madrid en busca de un ambiente más propicio para la creación literaria. Allí, como medio de vida y a pesar de su salud precaria, publicó artículos en periódicos y revistas e hizo numerosas traducciones. Se casó, en 1861, con Casta Esteban Navarro, hija del médico que lo atendía. Con ella tuvo tres hijos a los que el poeta adoraba.

A pesar de su corta vida, sus producciones lo colocaron entre los primeros líricos españoles. Además de sus *Rimas* y *Leyendas*, publicó *Cartas desde mi celda*, *Cartas a una mujer* y muchos cuentos y leyendas. *Los ojos verdes* integra el volumen de *Leyendas*.

Hans Christian Andersen (1805-1875)

El pecado de Sui-hung

Nació en Odense, en la Isla de Fionia, Dinamarca, en 1805, en una familia muy pobre. Jugaba con el teatro de títeres confeccionado por su padre; él mismo cosía sus muñecos e inventaba las obras. De niño no asistió a la escuela, pero su imaginación era enorme. En 1819 fue a Copenhague, donde por primera vez pudo acceder a una instrucción sistemática en una escuela de latinidad.

Alcanzó gran celebridad por sus *Cuentos*, traducidos a todos los idiomas. Se inspiró al principio en cuentos populares, pero luego fue por propia imaginación que logró creaciones de gran belleza y equilibrio entre la realidad y la fantasía. Entre otras obras también le pertenecen: *Poesías, Notas de Viaje* y *Relatos de mi vida*.

Su obra se encuadra dentro del movimiento romántico, fue contemporáneo de los hermanos Grimm, de Víctor Hugo, de Soren Kierkegaard y Charles Dickens. Este cuento, **El pecado de Sui-hung,** forma parte del grupo de relatos reunidos bajo el título: *Las cosas que vio la luna.*

Giovanni Boccaccio (1313-1375)

El halcón

Nació en París en 1313 y murió en Certaldo en 1375. Hijo ilegítimo de un rico mercader florentino, vivió en Nápoles y en Florencia. Fue amigo de Petrarca y primer comentador de Dante.

La obra que lo hizo célebre fue *El Decamerón*, que reúne diez jornadas de diez relatos cada una; cien historias en total, terminadas en 1353, de gran perspicacia psicológica y una brillante descripción de las costumbres de la época. Sus historias tienen el atractivo de *Las mil y una noches*. Entre otras obras le pertenecen *Laberinto de amor, Filocolo, Fiammetta, Filostrato, La Teseida*.

Su obra es de fundamental importancia en la tradición literaria de Occidente, como representante del Humanismo y creador de una prosa que anticipa la novela moderna.

El halcón es el relato número IX, de la Jornada quinta, de *El Decamerón*.

Índice

Esta edición se terminó de imprimir en mayo de 1998, en Indugraf S.A., Loria 2251, Buenos Aires.